AF280901

realisiert mit Unterstützung der
Salzburger Landesregierung

und der
Unilever AG, Hamburg

©2002 Peter Langgartner, Salzburg
Bilder am Cover: Unilever AG, Hamburg,
auf der Rückseite: Egon Grünenmark,
im Buch: Verlag der Provinz, Weitra, Österreich
Herstellung: Books on Demand

ISBN 3-8311-3774-9

Peter Langgartner

Ein Menü für Herrn Brahms

Scharfes zum Abendessen, Unscharfes zur Musik

Inhalt

Vorwort

„Gut erzählte Musik ist so gut wie ein gut erzähltes Abendessen", sprach Johannes Brahms und irrte.

Gibt es etwas Schöneres, als ein, von einem exzellenten Lokalkenner und Klarinettisten wie Michel Lethiec, erzähltes Abendessen, verzögert durch ein überlanges Konzert, in dem man sich als zunehmend hungriger Wolf ins Reger-Klarinettenquintett verbeißt, hingeschleppt durch eine vermeidliche Ansprache samt Danksagung an die Künstler, zwei spitze Aperifs, um dann - endlich - so richtig dreinschlagen zu können?

Peter Cropper (Lindsay Quartett) - unvergessen, wie er zwar noch sitzend, aber mit beiden Beinen in der Luft, das Adagio aus Mozarts Jagdquartett dem geschockten Mozartwochenpublikum vorführte, dem bald das anfängliche Lachen und das leiseste Luftholen verging - und die anderen Patisseure der Spitzenklasse lassen ihre Gäste stets wohlwollend die lebenserhaltenden Triebe vergessen.

Aber meistens kommt Musik, auch die von Brahms, mit Verdauungsmüdigkeit daher. Davon eingeschläfert behauptet sogar einer der Pioniere wider die „ernste Musik", Wolfgang Hildesheimer:

„Von Beethoven bis zu Schönberg reicht die repräsentative Reihe großer Männer, die niemals gelacht haben".

Daran ist zu sehen, die Welt braucht mehr Abendessen, gut erzählte.

Auch Brahms zuliebe.

Das Musicalische Opfer

Wenn ein Schachspieler die gesamte Armada seiner Figuren in die feindliche Stellung wirft und mit dem letzten verbliebenen Bauern dem gegnerischen König den Garaus macht, nennt man das ein Opfer.
So etwas läßt die Augen von Anfängern leuchten.
Aber oft sind die Züge erzwungen, sodaß das Gemetzel in eingeweihten Kreisen nicht mehr das Prädikat „Opfer" verdient. Ganz im Gegenteil, wenn jemand ein solches Furioso vor der Flinte gehabt hätte, dieses aber übersehen hat, ist es eine hohnträchtige Stümperei, über die sich derjenige lebenslang ärgert.
Ein Opfer hat immer einen ungewissen Ausgang:
es schreckt einen schwächeren Gegner, oder pinkelt einem Großmeister ans Bein, in der Hoffnung, daß dieser ausrutschen möge.
In jedem Fall steckt man mit einem Opfer ein Schachbrett in Brand.
Friedrich Gulda, Schachklub Mozart Salzburg, war ein harmloser Pinkler und Opferspieler,
Bach hingegen ein Großer.

Die Spuren seiner Opferaktion beginnen in Leipzig.
Dort steht vor der Thomaskirche, Bachs verhaßter Endstation, ein Denkmal: grau, übergossen mit den

Gaben der himmelbewohnenden Tauben, einen verdrossenen Mann darstellend.

Das soll Bach gewesen sein?
Wer hat dich so verhöhnet?
Gedenkt so Leipzig und die Welt ihrem Musikchef, der „Aufführungen sehr vieler starker Musiken in Kirchen, oft unter freiem Himmel, bei wunderlichen und unbequemen Plätzen" (Ph. E. Bach) gemacht hat, dem hellsten und leidenschaftlichsten Kopf der Musik, einem Mann mit ausdauerndem Mut, der vor Stärkeren nie die Knie beugte?
Ja, Sie vermuten richtig, er hat einem Großmeister unvorsichtig geopfert.

Zuerst war einer der üblichen Dispute mit dem Thomanerrektor, der sich jedoch verschärfte und bald zur Stadts-Affaire wurde. Bach bekannte sich nun zu dem Fehler, überhaupt jemals nach Leipzig gekommen zu sein.
Und er sah sich nach Anderweitigem um. Sein Sohn Philipp Emanuel - er diente bei Friedrich dem Großen - vermittelte dem Vater eine Vorstellung bei Hofe, die aber unglücklich zustandekam und erfolglos war.
So sang-und-klanglos wieder nach Hause geschickt zu werden, muß Bach, Träger zahlloser - auch königlicher - Titel, als Beleidigung aufgefaßt haben, die er ja nie lange auf sich sitzen ließ.

Wieder zu Hause verfaßte er das „Musicalische Opfer", mitsamt einer Widmung der Superlativa:

„Allergnädigster König,
Ehrwürdigster Majestät weyhe ich in **tiefster** Unterthänigkeit ein Musicalisches Opfer, deren **edelster** Theil von Deroselben hoher Hand selbst herrühret" (das allgegenwärtige Thema regium).
„**Ehrwürdigster** Majestät zu gehorsamen, hat er keine andere als nur diese untadelhafte (?) Absicht, den Ruhm eines Monarchen, dessen Größe und Stärke, gleich wie in den Kriegs- und Friedenswissenschaften, also auch besonders in der Musik, zu verherrlichen".
Und nach weiteren Verbeugungen vor der **Ehrwürdigsten** Majestät schlußendlich der

„allerunterthänigst gehorsame Knecht J.S.Bach".

Dieses ließ er gedruckt - wohlgeplant - unter die Leute bringen, bevor es schließlich unter die allergnädigsten Augen treten durfte, und unter die Ihrer sehbehelfenden Experten.
Im Anhang waren mehrere Canones mitgegeben, geschmückt mit schönen Symbolen: ein „ewiger Canon" über das Königliche Thema, in anderen möge „mit den wachsenden Noten das Glück des Königs wachsen" oder „mit den steigenden Modulationen der Ruhm des Königs" (ad infinitum).

Es folgt eine Sonata, selbstredend über das Königliche Thema. Nun durfte der Kriegs- und Friedenswissenschafter selbst Hand anlegen.

Und was bekam er zu spielen?

Wer nur   den   lieben Gott

läßt   wal - ten

Ein verzeihlicher Lapsus.

„Dem alten Bach ist durch die Jahrzehnte im Kirchendienst entgangen, daß wir Dank Uns in einer Aufgeclärten Welt leben, und der Pfaffen nicht länger bedürfen".

Aber dann ein Ricercare (=„Untersuchen Sie!") zu sechs Stimmen. Wieder über das Königliche Thema.

Man darf sagen, daß dieses zwar von einer edelsten, hohen Hand herrührt, aber nicht unbedingt von einem edelsten musikalischen Geschick. Es wird langsam langweilig, auch für heutige, eingefleischte Bachfans.

Gerade rechtzeitig, das Thema jetzt einmal nur zu überfliegen, und das Kontrasubjekt zu betrachten (untersuchen Sie!), und da steht, unübersehbar, mit einer kecken Verzierung:
Es-D-G. **S**oli **D**eo **G**loria. **Allein** Gott die Ehre.

Das hatte seine Wirkung gewiß nicht verfehlt: eine gedruckte Karikatur aus dem rückständigen Sachsen.
Quantz wird sich heimlich gefreut haben, einen möglichen Konkurrenten erledigt zu sehen, der Bachsohn weniger - konnte ihm solches doch, aus Sippenhaftung oder mit allerhöchsten Gnaden, eine fristlose Entlassung bescheren.
Fritz der Große wird die peinlich schweigende Runde gemustert haben, als ihm ein Wiener Musikant ins Auge stach:
„Sach' er mir, wie verfähret meine **Aller**liebste Maria Theresia zu Wien mit solcher Despektierlichkeit?"
Worauf dieser mit einem Qualtinger-Zitat geantwortet haben mag:

„Net amoi ignori'an, **Ollerwertaster**"
(=Nicht einmal ignorieren, Gesäß).

Und so geschah es auch. Bach starb drei Jahre später als Noname in Leipzig und wurde unter allgemeiner Erleichterung und verachtender Beteiligung an unbekanntem Ort vergraben.

In Sachsen wurden aber, wie durch ein Wunder, oben beschriebene Bachstatuen errichtet, verzieren heute noch, grau in grau, die Plätze seiner Wirkungsstädte, sein Geburtshaus und sogar manches Festplakat zum Jubeljahr 2000.

Bach And All
Begleittext zur gleichnamigen CD

In der Preussischen Nationalbibliothek verrotten Deutschlands Heiligtümer der Musik:
Bachs Autografe, von übersaurer Tinte perforiert, das Papier pulverisiert. Seit 250 Jahren nagt der Zahn der Zeit. Das läßt nichts Außergewöhnliches vermuten. Sollte es aber.

Mozarts Niederschriften sind nämlich vergleichsweise blütenweiß und gebrauchsfähig.
Er verwendete das beste Papier, die beste Tinte, weil er sein Werk, auch wenn bloß „Blasmihinteini" draufstand, der jahrhundertelangen Aufbewahrung würdig befand.
Bach war offensichtlich eine derartige Selbstwertschätzung nicht vergönnt.
Die Zeit der Musik, die er schreiben mußte, war vorbei, und das bekam er überall zu spüren:
Der fast 100-jährige Organist Reinken sagte zu ihm: „Ich dachte, diese Kunst sei längst tot".
Das war zwar als Kompliment gemeint, deckt sich aber fatal mit der Meinung seiner Söhne, die bei aller Ehrfurcht im Alten doch nur einen Grufti sahen.
Wie kam er sich vor als Zuschauer in der Dresdner Oper, als er die Sternstunden der moderneren

Musik miterlebte? Der Kastrat Farinelli, im Kostüm eines Außerirdischen, am Pferd sitzend, singt einen Ton, läßt ihn anschwellen, bis ein paar Damen in Ohnmacht fallen, nimmt ihn zurück, als die Rosen von den Rängen regnen und bevor im hysterischen Beifall der Rest der Arie, die erst beginnen sollte, untergeht.

Wie denkt ein Kantor über das Geschrei wegen eines **einzigen** Tons, wo er doch selbst so viele geschrieben hat: Kantaten für fünf Jahre, Mehrchöriges, Mehrstündiges, etc, etc., und der anderntags die Heimreise anzutreten hat, um mit seinen krätzeübersäten, gröhlenden Schulbuben, - der Thomanerchor, der heute seine Bachtradition wie die Bundeslade hütet - bei Ratsfeiern, in der Kirche und bei öffentlichen Hinrichtungen aufzutreten, wozu er sich „genausogut eine Schar Krähen zum Singen abrichten" hätte können?
Bach mußte wohl darüber verdrießen und als Realist seine Musik als Totgeburt ansehen.

Aber Totgesagte leben lang, und Totgeborene ewig.
Kein anderer Komponist hat die Köpfe der nachfahrenden Musiker derart beherrscht, beschämt - und beschenkt.

30 Jahre nachdem er ohne Aufsehen in Leipzig verscharrt wurde, tauchen einige seiner Werke in Wien auf.

Konstanze Mozart findet es jetzt schick für ihren Mann, würde er doch auch Fugen schreiben.

Das tut er denn, aber damit ist die Zeit seiner fehlerlosen Manuskripte vorbei.

Er fängt an, nachzubessern, durchzustreichen, zu zerreißen, und wird sich fortan vor Fugen hüten. In der Jupitersinfonie (ich ignoriere die Loblieder der Musikwissenschaft über das Finale) hält er keinen Kontrapunkt länger als ein paar Zeilen durch.

Beethoven bewies mehr Kampfgeist. Als jemand die h-moll Messe und die Goldbergvariationen als „größtes Menschenwerk" lobte, konnte er das nicht auf sich sitzen lassen und warf sich sogleich auf die Diabelli-Variationen und die Missa solemnis.

Fünf Jahre lag Beethoven mit der Missa im Kampf. Ob es ihm gelang, das Vorbild in mehr als nur seiner Länge zu erreichen, debattieren Spezialisten heute noch mit Leidenschaft.

Die beginnende Romantik mit ihrer Liebe zu den alten Meistern wählte Bach zur Zentralfigur.

Schumann („zuerst Bach, dann alle anderen") heiratet in Bachs Dienstkirche, Mendelssohn führt dort endlich die Matthäus-Passion auf, ohne daß nun die „sinnenbetörende Musik" dem rechten Lebenswandel der gläubigen Schafe gefährlich werden konnte. Bruckner und Reger eifern ihm an der Orgel nach und feiern damit große Erfolge.

Sogar Wagners Germanenhelden sind doppeldeutig gehörnt: die „Leitmotivtechnik", mit der er seine Opern über die Stunden bringt, ist nicht hausgemacht, sondern von Bach: dieser ließ seine Gedanken mit Choralzitaten auftreten und gab ihnen mit Veränderungen und Kombinationen manchen verwunderlichen Sinn.

Mit dem beginnenden 20.Jahrhundert gerät Bach jedoch in zweifelhafte Gesellschaft.
Die Kavallerie der Liszt-Nachfolger nimmt sich seiner nun an. Sie komponiert sein Klavierwerk um, schmückt es mit überflüssigem Virtuosenkram oder macht es schlicht gebrauchs- und gesellschaftsfähig.
„Was sich da unter dem Deckmantel des für den praktischen Gebrauch Nötigen abspielt, ist unglaublich", donnert Paul Hindemith dem jubilierenden Schott-Verlag als Festredner direkt ins Gesicht, unerhört aber ungehört.
Der Operettenkapellmeister Webern packt das Übel gleich bei seiner Wurzel und macht aus dem sechsstimmigen Ricercare (das Musikalische Opfer als Opfer) richtige Katzenmusik - und viele Webernknechte folgen ihm nach.

Mit Bach wäre es aus und vorbei gewesen, kamen nicht aus Amerika andere Töne.

Mit einem Cembalo (ein damals bereits vergessenes Exoteninstrument) antwortet Maria Landowska auf das modern gewordene Tastengedröhn: „You play Bach your way, and I'll play him his".

Glenn Gould wächst mit dem Wohltemperierten Klavier auf, und bringt mit der Aufnahme der Goldbergvariationen Bach hunderttausendfach in die Plattenregale der Sechzigergeneration.

Womit er dann zwischen den Sängern Simon und Garfunkel endlich mit Kastratenstars auf eine Stufe gestellt wurde.

„Bach goes to town", dank Benny Goodman, und dank unentwegter Fans in der Jazzszene wie Dave Brubeck („Bach and all") oder Alex Callao bekam ein völlig anderes Publikum ein Preludio zu hören: zwischen Cole Porters „It's all right with me" und dem „St.Louis Blues".

So lebendig ging's in der Zwischenzeit in Europa nicht zu. Bach wurde Opfer einer Gesellschaft sonderbarer Musikuntersucher, die ernsthaft behaupteten, mit alleinigem Abzählen fehlende und falsche Noten ausfindig machen zu können.

Ansonsten ruhte seine Musik in Pomp und Gloria.

Aber ernsthaftes Nachdenken konnte auf Dauer auch hier nicht verhindert werden.

Anfangs unter allgemeinem Gelächter, bald aber als Pultstars, machten sich exzellente Köpfe an die Arbeit und suchten unter der Sahneschicht nach neuer Inspiration.

Leider erhoben das deren Musterschüler zur unverrückbaren Wahrheit.

Der Vorteil unserer Zeit, sich in Sekundenschnelle altes und neues Wissen besorgen zu können, lieferte nun die Munition zu einem Glaubenskrieg, in dem mit der „wahren Art" eifrig missioniert und denunziert wurde.

Aus kaum 10 Jahre altem Fichtenholz entstanden und entstehen heute noch „Originalinstrumente", die die wahre Art erst richtig krönen, alles können - nur nicht, wollte man auf diesen „allzeyt starck und mannhafft spielen", wie Leopold Mozart in seiner Violinschule von 1756 mehrfach und mit lesenswerter Verhöhnung der weitverbreiteten „Wispeley" verlangte.

Es ist ehrenhaft, alte Quellen als Zeugen für eine adäquatere Spielart zu berufen, aber es negiert den Bach, der nun seit 250 Jahren durch die Höhen und Tiefen der Zeiten fließt, in welchen Viele Hervorragendes und wohl auch Zweifelhaftes nachgegossen haben.

Webern ist als Vordenker genauso legitimiert wie ein Mattheson, der Bachen nicht einmal eine Briefantwort wert war. Und ob Bach den Kollegen Marpurg oder seinen Sohn Philipp Emanuel als Offenbarer seiner Absichten so hoch geschätzt hat, wie behauptet wird, kann niemand wissen.

Jeder aber weiß, daß „Hans im Glück" nie gelebt hat, und niemand bestreitet die Wahrheit der Geschichte.
Egon Friedell führt im Vorwort zu seiner „Kulturgeschichte der Neuzeit" den amüsanten Beweis, daß einzig das **Wahr**nehmen mit Phantasie, die dichterische Wahrheit der Erkenntnis dient. Allerdings ist dabei die Mühe eigenständigen Denkens auf sich zu nehmen:
z.B. zu einer Geschichte von Kirnberger:

Wenn sich der Kantor einmal außerhalb des Gottesdienstes an die Orgel setzte, so wählte er sich ein Thema und spielte es, wandelte es in jeder Form der Orgelkomposition ab, und seine Phantasie war so stark, dass er oft zwei Stunden und darüber am Werke blieb.

Diese Aussage läßt das landläufige Bild vom großen Fugenkonstrukteur, der sein Tun und Denken allein der Lobpreisung des Allerhöchsten widmet, alt aussehen. Ein solcher hätte auch Probleme gehabt, 20 Kinder zu zeugen, und inmitten ihres Geschreis

(„Papa, darf ich, .. Papa, ich will .. jetzt gleich, .. wann bist du endlich fertig ..", das jedem Familienvater bekannt vorkommen dürfte) ein Werk zu schaffen, das dem heutiger Softwareingenieure in Scharfsinn und Exaktheit ähnlich sein soll.

Auch ist zu hinterfragen, warum heute so viele Musiker bei ihren Bachhandlungen so sehr um würdigen Weihrauch bemüht sind, auch wenn es sich bloß um eine Courante handelt. Wenn aber die Courante fünfzig Jahre später geschrieben wurde (Paganini, op.1), sind jene nicht verlegen, dem Tanz einen Hose-Runter-Charakter zu verleihen.

Bach war kein Freund des Weihrauchs.

Das belegen die gerne verschwiegenen Episoden, die auf kirchliche Ärgernisse zurückgehen: die Straßenprügelei von Arnstadt, die Verwarnung, weil er die Predigt vom Wirtshaus aus besser verstehen zu können angab, die Arreststrafe in Weimar und die legendären Gefechte mit dem Rat und Kirchenkonsistorium der Händlerstadt Leipzig, dem *„Mittelhafen der deutschen Bildung"* (Schumann).

In den Memoiren der Anna Magdalena Bach sind viele Geschichten erhalten, die alle einen Menschen zeigen, der für Kunst genauso wie für den Alltag da war, gelebt, getrunken, etc. hat - um hier nicht in Mozartvokabular zu verfallen.

Die anfangs gestellte Frage, was dachte sich Bach, als er den Farinelli-Auftritt miterlebte, erscheint nun in einem anderen Licht: er wird ihn genossen haben, er war und blieb Stammgast in der Dresdner Oper, hat so oft wie möglich seine Söhne dorthin mitgeschleift, seit jeher sich alles an italienischer Musik schicken lassen, was erhältlich war, hat Vivaldi hoch verehrt, und wird wie Martin Luther zu sich gesagt haben:

„Hier steh' ich und kann nicht anders".

Ich konnte ebenfalls nicht anders, als die Sarabande der **Suite BWV 995** *„webernmäßig zu sezieren"* (Glenn Gould, „Colloquium Olympicum"), und der Schluß dieses bisher immer so schön hergesungenen Stücks erinnert jetzt tatsächlich an Weberns Streichtriosatz („vor der Abreise ins Tote Gebirge").
Die dazugehörige Geschichte zwingt dazu:

Die ganze Suite ist zweistimmig ausgeführt, konsequenter als jedes andere Bach-Solowerk (Klavier ausgenommen), in zwei getrennten Systemen notiert.
Die Stimmen nehmen alle verhängnisvollen Positionen zueinander ein:
einmal zeigt sich der untere unbeirrbar stur, während der obere sich der Vielfalt hingibt (Preludio), ein Konflikt, welches eine Verfolgungsjagd (Fuga, tres vite) vom Zaun bricht.

Während der Allemande wird gehörig gestritten, jeder kämpft kleinlich um sein Recht (Imitationen) mit Sticheleien und Untergriffen (Dissonanzen).

In der Sarabande ist ein Tiefpunkt erreicht. Die vielen Pausen stellen ein unschönes Anschweigen dar (wird ebenfalls manchem Familienvater bekannt sein). Die Stimmen gehen völlig getrennte Wege, berühren sich einmal kurz, bleiben jedoch unversöhnlich, da Bach entstandene Dissonanzen nicht auflöst, sondern in noch schlimmere fortführt.

Die Gavotte I geht mit dem schon üblichen Vokabular dahin, nicht aber die Gavotte II: plötzlich klare Ordnung, Solist und Diener, aber ihr harmloser Inhalt läßt nicht auf eine Versöhnung schließen, eher auf eine Kampfpause in der Art von Omas Geburtstagsfeier. Bei solcher wird ja meistens nicht auf Mord und Brand gestritten.

Aber wehe, wenn ich auf das Ende sehe. Die Gigue läßt uns ein letztes Mal an der Schmutzwäsche teilhaben, bevor der eine aufgibt und die Aufräumarbeiten (Schlußkadenz) dem anderen überläßt.

Keine erbauliche Story, obendrein in Form einer Suite, deren wörtliche Bedeutung „Zusammenpassen" ist. „Kontrapunkt" ist aber treffend. Jede Note gegen jede, Aug' um Auge.

Nachdenkenswert ist die Tatsache, daß Bach wahrscheinlicher Urheber einer Bearbeitung dieser Suite für Violoncello (BWV 1011) ist.

Das kontrapunktische Konzept als Zweikampf, der Mut in Harmonien und Rhythmus blieben dabei völlig auf der Strecke, sogar der einstimmige Rest der Fuga endet dort mit einem glatten C-dur-Tusch, als vorzeitiges *„Happy End"* (Shane Woodborne).

Hat Bach an den eigenen Spuren radiert?

Die **Chromatische Fantasie** ist ebenfalls kein Beispiel von „Zusammenpassen": ein wirres Treiben, hinauf, hinunter, plötzliches Losrennen, abrupte Stillstände, ein rastloses Leben und Stürzen.

Recitativo. Jetzt muß aber deutsch geredet werden. Wir vernehmen B-A.., B-A.., B-A. im Licht immer verschiedener Harmonien. Jemand sucht seinen Namen, die Identität. Am Ende findet sich das dazugehörige ..-C-H". Aber zu spät.

Das Crucifixus der h-moll Messe begleitet den Gehenkten durch sieben, chromatisch absteigende Stufen in Frieden zu Grabe. Hier aber geht's über dreizehn Stufen in den Abgrund, gnadenlos gegen den Willen der Melodie, gnadenlos gegen jede Harmonie. Am Ende macht uns jener, der das Gute will, das Böse schafft, ein endlich erreichtes Zusammenklingen als zerstörungswert vor. Bach glaubt ihm und löst eine Oktave in eine Sept auf.

☎ 112, wo bleibt die (Tonsatz-) Polizei?

Das Klavieroriginal kehrt mit einer abschließenden Fuge zu „law and order" zurück. Zuerst eine Katastrophe, aber mit einer gesunden Mischung aus Disziplin und Fantasie läßt sich alles reparieren.

Kein Wunder, daß der „verlorene" Bachsohn Friedemann, ein genialer aber schwer verstrickter Mensch, das Manuskript nach dem Tod des Vaters lange mit sich herumtrug. Allerdings hat er es schließlich verkauft („hier kommt fröhlich an, die Fantasia Cromatica vom Sebastian" - belegt) und sich darob und damit ein Faß Wein vergönnt hat (Anekdote).

Von Zoltan Kodaly stammt ebenfalls eine Bearbeitung der Chromatischen Fantasie für Viola.

Die Umdeutung der Klavierfiguren auf ein Streichinstrument ist aber mißlungen, die Höllenfahrt am Ende retouchiert, und mit einen Schluß gekrönt, zu dem ihn wohl die bombastische Pianistengeneration inspiriert hat.

Bei alledem ist aber der Idee größte Achtung entgegenzubringen, ein Stück nur bis zur Hälfte zu arrangieren und einfach abzubrechen. Er wird ebenfalls zu dem Schluß gekommen sein, daß Bach die Ordnung wieder schafft.

Seiner und unserer Zeit hat er aber die Fähigkeit zu ernster Disziplin bei gleichzeitig blühender Fantasie nicht mehr zugetraut.

Wie recht.

Diesen beiden schwarzen Stücken war dringend eine Lichtfigur mitzugeben: die **Suite BWV 1012**.

Dieses Zusammenpassen in G-dur wird seinem Namen voll gerecht. Es zitiert den Choral „Ich will dich lieben, meine Stärke", und das darf, laut Bach, ohne weiteres doppeldeutig verstanden werden. Schwungvolle Wirtshaus- und Tanzmusik, samt Hose-runter-Courante.

Wie diese alten Tänze wirklich musiziert wurden, darüber sind sich historische Quellen uneinig.

Wie könnte es auch anders sein? Es ist unmöglich, selbst etwas so Geläufiges wie den Wiener Walzer zu beschreiben und dabei sowohl im Allgemeinen als auch in Extremfällen wie Donauwalzer oder Fledermaus den Kern der Sache zu treffen, ohne auf diffuses Terrain wie „Wiener Tradition", „rechter Geschmack", „wahre Art" auszuweichen.

Sogar mit Lullys exakten Tempoangaben ist nichts anzufangen, weil niemand weiß, stammen sie aus der Zeit, als Louis XIV. noch ein begeisterter und wendiger Tänzer war, dem bald alles zu lahm war, oder aus der Zeit zunehmenden Leibesumfangs.

Also ist man auch hier auf die phantasiepflichtige Tradition angewiesen.

Und sie hat für uns im Musical „My Fair Lady" einen Hinweis parat: die Ascot-Gavotte: „Die Damenhüte sehr salopp, ... die Pferdchen laufen im Galopp"

(Nachdichtung) stelzt es in blaßbritischem Temperament und eindeutigem Tempo dahin.

Blaßbritisch sollte sich auch die Gavotte der Suite zeigen, allein schon wegen des Kontrasts zur anschließenden Gigue, die jedes verklemmte Getue abwerfen muß.

Dazu habe ich mich zu einer Ortsverlagerung der Suite in meine Heimat Oberösterreich entschlossen.

Ebenda erschien anno 1753 „cum permissu superiorum" (mit allerhöchstem Verlaub) ein Sammlung von Kupferstichen mit dem ausgreifenden Titel:

Geistliche Todts-Gedancken

bey allerhand Gemählden und Schildereyen
In Vorbildung Unterschiedlichen Geschlechts / Alters /
Standes Und Würdens-Persohnen
sich des Todes zu erinnern,
Aus dessen Lehr die Tugend zu üben,
und die Sünd zu meyden.
Ernstlich in Kupfer entworffen /
nachmahlen Durch sittliche Erörtherung und Überlegung
unter todten Farben in Vorschein gebracht,

dadurch zum Heyl der Seelen
im Gemüth des geneigten Lesers
ein lebendige Forcht und embsige Vorsorg
des Todes zu erwecken.

Nr. 43, Der Säuffer

Auff!
esset, trinckt und laßt uns stets
mit frischer Wolust laben!
So lang wir leben.
Sterben wir, so heißts: nur bald begraben.

So denckt ihr, und ich schweig dazu:
doch endlich wird sichs finden,
Ob denn der Menschen Seelen
so wie deß Viehs verschwinden.

Damit wäre erneut bewiesen, daß im Umkreis der Verwerflichkeit stets Musik und Tanz zu finden sind. Mit allerhöchstem Verlaub geriet daher die Gigue zum verwerflichen Ländler. Das widerspricht zwar Bachs bekannter(?) Rhythmusstrenge, aber nicht der rechtverstandenen Pflicht, all lebendige Forcht zum Heyl der Seele zu meyden.

Bach, der gerne in Gasthäusern musizierte, wird mir das in Anbetracht meines Ausländertums in Sachen „protestantischer Barock" und in seiner großzügigen Väterlichkeit fahrenden und lernwilligen Musikanten gegenüber, sicher gnädig nachsehen.

---

erfunden und aufgeschrieben im Mattseer Stiftskeller zu Salzburg, den 21.3.2001.
Soundtrack erschienen bei ambitus (amb 96 827).

„Linzer Todtentanz" (ISBN 3 900 878 22 6)
mit freundlicher Genehmigung durch Herrn Richard Pils, Verlag „Bibliothek der Provinz", A - 3970 Weitra, Österreich und ebenda erhältlich.

Sind Blitze, sind Donner in Wolken verschwunden?

In einer alemannisch-rechtschaffenen Zeitung lobte mich mein bislang schärfster Kritiker als „interessant", jedoch „auch unappetitlich und widerlich".
Damit war selbstverständlich nicht meine Person gemeint, sondern meine Behauptung, daß anno Mozart Hühnermist und Ziegenjauche reichlich durch die Getreidegasse geflossen sei.
Es ist an der Zeit, daß die Wissenschaft der (reinen) Wahrheit endlich ans Licht verhilft.
Vorerst wäre hier aber noch weitere, provozierende Munition:

1488 fand ein Fest statt, anläßlich der Vermählung von Gian Galeazzo Sforza, Herzog von Mailand, mit Prinzessin Isabella von Aragon. Wir betreten den Saal nach Ende des zweiten Gangs:

„Mittlerweile übertönte der Lärm im Saal die Musik und die Vorträge der Schauspieler, und wie üblich waren auch die ranghöchsten Gäste dazu übergegangen, Schabernack miteinander zu treiben. Unter lautem Gelächter bewarfen sie sich mit Fleischstücken oder Konfekt oder schütteten sich Weinreste aus Gläsern über. Schließlich ließen sie sich auch zu jenem Spaß hinreißen, der bei keinem Gastmahl fehlen durfte und von den Moralisten

jener Zeit streng verurteilt wurde - und zwar, den Damen Geflügelkeulen in den Ausschnitt fallen zu lassen. Bei den flacher geformten Tischgenossinnen gab man sich mit Wachtelschenkel zufrieden, bei den üppiger gebauten konnten es ganze Pfauenkeulen sein. Und wie immer verlangten die Cavalieri unter allgemeinem Applaus und Geschrei, sich das Fleisch von dort, wo sie es hingesteckt hatten, auch wenn es noch so tief gefallen war, zurückholen zu dürfen, ein Ansinnen, dem sich die Damen nur der Form halber verschlossen. Das Zurückholen verlangte eine gründliche, intime Suche, und diese erfolgte unter den Anfeuerungen der Tischnachbarn und gespielten Ohnmachtsanfällen einiger Damen. Die üppigen Oberweiten schwappten im Eifer des Gefechts aus den weitgeschnittenen Dekolletès. So lag es nahe, daß manch einer den Mythos von Romulus und Remus mit der Wölfin nachzuspielen gedachte. Was wiederum nur den Auftakt zur Feier noch lustvollerer und größeren Einsatz erfordernder Riten verschiedenster Art bildete.

....

Der eine oder andere sackte mittlerweile schon betrunken unter den Tisch. Rülpser und andere Körpergeräusche durchdrangen den Lärm und gaben Aufschluß, wie sehr sich die Gäste an dem Festmahl erfreuten.

Niemand störte sich an den Gästen, die sich hier und da an die Wände oder Säulen gelehnt hatten und sich würgend erbrachen. Doch wenn sich ein Cavaliere zu nahe bei den Tischen niederhockte, um sich auf anderem Wege zu entleeren, drehten sich diejenigen, die noch speisten, erbost zu ihm um und versuchten, ihn zu vertreiben. Ihr Ärger war verständlich, schließlich schrieb die Hofetikette vor, nicht in unmittelbarer Nähe der Tische zu urinieren oder den Darm zu entleeren."

Man kann dagegen leicht einwenden: das ist ja Prosa unserer Zeit, abgeschrieben von der „Nacht der Sieben Sünden" von Orazio Bagnasco, außerdem, was hat 1488 mit der Bachzeit zu tun, oder gar mit Mozarts Geburtshaus?
Und wenn schon, schmutzig mögen der Pöbel oder jene aus dem Hause Sforza sich gebärdet haben, keinesfalls aber die wahre Noblesse, Habsburger (die Sisi!) oder Salzburger Fürsterzbischöfe.

Barocke Tanzmusik kann unmöglich mit dem Spanischen Hofzeremoniell in Verbindung gebracht werden. Solches würde den Begräbnisschlager „Ombra mai fu", die Tafelmusik von Telemann (auch ein Kantor) etc. in den Schlund des Scheußlichen ziehen, mit einem Aufschrei, als hätte sich unter Anne-Sophiens Nobelfummel bei ihrem

Waldpicknick am Vivaldi-Jahreszeiten-Cover eine Blindschleiche verfangen.

Noch aber steht der Beweis aus, daß 1720 die Schlösser mit anderem als der putzenden Dienerschaft sanitär versorgt, Papierservietten bei eventuellen Gelagen schön gefaltet ausgelegt, die Benimmordnungen vorhanden und für jedermann Ehrensache waren.
Man darf sicher sein, er wird gefunden werden, im Alemannischen.

Da ist aber noch ein Sandkorn im Getriebe der reinen und reinlichen Kunst:
In manchen CD-Booklets der Bachschen Matthäus-Passion ist die erste Seite des Textbuchs abgedruckt. Kurzsichtige, frakturgewöhnte Augen erspähen den Titel: „Picanders Ernst~Scherzhaffte und Satyrische Gedichte". Und tatsächlich: „Kommt, Ihr Töchter, helfft mir klagen, ..."
Christian Friedrich Henrici, vulgo Picander, hatte zu Lebzeiten einen zweifelhaften Ruf, und noch lange darüber hinaus: Carl Friedrich Zelter, der Lieblingskomponist Goethes, sagte, *„wenn man etwas von Picander vertonen soll, muß man sich vorerst dreimal bekreuzigen ..."*
Doch das ist alles nur destruktives Aufrührertum, so wie wir es vom Donaulandlexikon ja gewohnt sind.

Mit welcher Gesellschaft wird da Bach abermals besudelt? Noch dazu am Hochaltar der Kirchenmusik.

Wo ist denn überhaupt der scherzhaffte, satyrische Teil der Picanderdichtung?

Es gibt ihn nicht.

Kein musikwissenschaftliches oder germanistisches Institut Deutschlands, geschweige das Göttinger Bach-Institut, wird eine Auskunft darüber geben können oder wollen („Und er kam, fand sie aber schlafend", Picander, ebenda), auch wenn Sie, wie ich schon längst, schriftlich darum bitten.

In Wolken verschwunden.

Ach, das sind Hirngespinste, zu denen nur ein Interessanter, wenngleich Abstoßender und Widerlicher imstande ist.

Mozart im Mozarteum I.
Aktuelles aus der Zyklusforschung

Unlängst beehrte ein deutscher General-Musik-direktor das Mozarteum, um seine bahnbrechende Theorie, die drei letzten Mozart-Sinfonien seien ein Zyklus, eingehend darzulegen.

Sie alle hätten Themen, die sich aus Dreiklängen ableiten lassen, abgesehen von weiteren, weniger erheblichen, aber zweistündigen Argumenten.

Die anschließende Diskussion ergab vorläufig keinen zwingenden Grund, von der gepflogenen Konzertpraxis abzugehen.

Jetzt aber meldete sich der Privatgelehrte O.Kreisler, zwar von nicht so hohem militärischen Dienstgrad, aber mit einem umso wertvolleren Beitrag zu dieser brisanten Frage:

Das Institut für Zyklonforschung in Havanna hätte in sämtlichen 41 Mozart-Sinfonien das Phänomen des gelegentlich auftretenden Dreiklangs einwand-frei nachgewiesen.

Überdies läßt die Existenz zweier *Konzertanter* Sinfonien den induktiv-exklusiven Schluß zu, daß die Konzertanten Sinfonien (wie der Name schon sagt) für den Konzertgebrauch bestimmt sind, die schlichten Sinfonien jedoch dem Zyklus an sich und schlechthin vorbehalten sein mögen.

Mozart im Mozarteum II.
Ein neues Institut in Sicht

Eine für den Alltag relevantere Diskussion entbrannte an einem Dienstag gegen 18:00 beim Kaffeeautomaten. Unter großer Beteiligung von Studenten, universitärer Größen und illustren Zaungästen stand Mozarts Sinfonia Concertante für Violine, Viola und Orchester zur Diskussion.
Soll die Solobratsche einen Halbton höher gestimmt werden, wie eigentlich verlangt, oder nicht?
Auch die anzweifelbare Autorschaft Mozarts wurde behandelt.

Aufgestachelt von den sich erhebenden Subjunktivtheorien „wenn Mozart heute gelebt hätte, würde er sicher ..." (normalerweise kommt das sonst nur in grandiosen Schlußsentenzen) drängelte ich mich mit frechen und ketzerischen Beigaben an die vorderste Front: die Konzertante ist für mich ein minderes Mozart-(wenn's schon sein muß)-Werk.

Man halte sich vor Augen, welchen showdown Mozart inszeniert, wenn er zwei ausgeprägte Charaktere vor ein Ensemble treten läßt, wenn ein (cieco geloso) Conte einer Tür und der dazwischentretenden Indegna! bzw. Empia! (La Contessa) das Kleinholz ankündigt, um endlich den Buben am Kragen zu packen, oder der Don Giovanni sich um

cioccolata, sorbetti, confetti, soletti, una gran festa mit drei Orchestern nicht lumpen läßt, um endlich die Zerlina am [weiter unten - Viva la libertà!] ...,
dagegen ist die Konzertante doch nur ein Hinterein-anderherleiern viertaktiger Tonleiterstudien.

Weit und breit findet sich nichts im ganzen Stück, das einem aus den Quartetten, Quintetten, Sin-fonien, etc. vertraut wäre, und dann wäre noch die unsichere Quellenlage, etc.,

halt ein freundliches, nicht strapazierendes Konzert für vergnügte Spanienausflüge, vorausgesetzt, man stimmt die Bratsche einen Halbton höher, wie vor-geschrieben - ob von Mozart oder einem anderen.

„Wer denn sonst sollte es geschrieben haben? Dieses herrliche Andante, eines der schönsten ...", schlug sich einer der schönsten Salzburger Nachtmusik-spieler auf die Seite der Bigotten.

„P.D.Q.Bach!, keine Frage", obwohl die Indizien für eine nähere Mozart-Umgebung sprechen:

Leopold Mozart, Violinschule, Siebtes Hauptstück

Carl Cerny, Schule der Geläufigkeit

Tags darauf suchte mich einE KollegeIn auf, fächerte heftig mit einer Steinzeitausgabe der Konzertanten und klärte den Sachverhalt endgültig: „Also, in **meinen** Noten steht nichts von Höherstimmen, und *W.A.Mozart* steht auch vorn' d'rauf".

Seither wird der Ruf nach einem neuzugründenden „Institut für Musikalische Indolenz" immer lauter.

Die Tagesordnung zur konstituierenden Sitzung eines überinstitutionellen Senats, der Vorschläge für eine paritätisch ausgewogene Findungskommission zur Ernennung eines Weisenrats zu erstellen haben wird, ist bereits in Arbeit und wird nach Fertigstellung unter Einhaltung des Dienstwegs, vorausgesetzt der Nichtuntersagung durch die Gleichbehandlungskommission sowie der Genehmigung durch die Raumkommission, den noch näher zu bestimmenden Gremien zur Begutachtung der provisorischen Wahl- und Sitzordnung vorgelegt

Die institutseigenen Schaukästen aber sind bereits befüllt.

Es gibt sehr wohl eine Erinnerung.

Das Seitenthema aus der Sinfonie KV 201, 2.Satz wird in der Konzertanten Sinfonie KV 364 in halben Notenwerten zitiert. Mozart tat sowas gern und oft.

Hier habe ich die Unschärfe übertrieben. Es wäre nämlich schade um das Thema und die völkerverbindenden Streitgespräche beim Kaffeeautomaten.

Mögen sie, und Mozarts Konzertante, lange leben.

Byron, Childe Harold
und das Zeitalter des Irrwitzes

1812.

Napoleon verliert in Rußland Frankreichs Söhne, ansonsten läßt alles ein gewöhnliches Jahr erwarten.

Die Musikwelt beschwört Gluck und Weber, Salieri hat sich endlich zum Doyen der Komponisten durchgesessen, Beethoven schielt nach Rossini. Dieser aber wird aus Langeweile über seine eigene Musik bald das Komponieren aufgeben und sich der interessanteren Kochkunst widmen.

In diese Öde fällt in England ein Kanonenschlag, verwüstet die aufgeräumten Schreibtische an denen die Künstler ihre Nachdenkpause halten.

Fortan wird sich Beethoven nie wieder frisieren, Wahnsinnige entsteigen dem Erdboden, pflügen als Paganini oder Berlioz durch Cherubinis Stiefmütterchenbeete, falsche Propheten erscheinen und der schlimmste unter diesen verkündet, verkleidet als „Florestan und Eusebius", das Credo der Wilden:

„Alles ist gefordert, alles ist möglich, alles ist erlaubt".

In dieser schwarzen Jagd sieht sich selbst Salieri gezwungen, modische Demenz vorzutäuschen und den Mord an Mozart für sich zu reklamieren. Er will ja nicht kampflos das Feld den Ungewaschenen überlassen. Was war geschehen?

„Eines Morgens wachte ich auf, und war berühmt".

Ein junger Lord, der es trotz aller jugendlichen Schandtaten bislang nur zu lokaler Bekanntheit gebracht hatte, wurde es tatsächlich mit der (zufälligen) Veröffentlichung von ein paar Reisegedichten. Binnen dreier Tage war die Auflage vergriffen.

Goethe hat das schwer beeindruckt, und er beeilte sich, den „bösen Lord" als den „größten, lebenden Dichter" zu adeln und ihm als Euphorion im Faust II zur Unsterblichkeit zu verhelfen.

Uns aber fällt es schwer, in Goethes Jubel einzustimmen. Ein kaum durchdringliches Gestrüpp endloser Anspielungen und Privatabrechnungen mit Zeitgenossen empfängt den Leser. Dieser hat dann noch den oft unglaublichen Schwulst („O Muse, Göttin einst in Hellas' Zeiten!") gnädig zu ertragen, bevor die gedankliche und dichterische Riesenhaftigkeit der Harold-Dichtung dem Alltagstratsch entsteigt.

Diese war jedoch groß genug, um die damaligen und nachfahrenden Generationen von Künstlern mit dem notwendigen „Mut zum Ich" auszustatten, und wie selbstverständlich zu fordern, damit auch weit übers Ziel zu schießen: das Besessene, Verletzte und Wahnsinnige des Individuums wurde nicht nur salonfähig und konzertsaalpflichtig, als Angehöriger der Szene hatte man zu schreien:

„Ich spinn', also bin ich".

Und den Spinnern verdanken wir viel Aufregendes.
Boccherini, das Finale aus einem Quintett für Bläser
und Streicher, eine Passacaglia über die C-dur-Ton-
leiter, in Form von 12 (oder waren's gar 16?) aufeinanderfolgenden Menuetten, im pianissimo von
Anfang bis Schluß, könnte auch von Steve Reich
sein.
Der bereits im Kindesalter schwer infiszierte
Mendelssohn läßt sich in seiner Violasonate ganze
30 Minuten in c-moll nieder.
Berlioz mit seinen Paukenorgien, Schumann, unter
allem anderen, in seiner 2. Klaviersonate (So schnell
wie möglich - Schneller - Noch schneller), im
Thema der Variationen im 3.Streichquartett, in dem
kein einziger, gerader Schlag existiert, sich alles in
Synkopen neben der Realität abspielt, zeigen, wozu
purer Wahnsinn in der Lage ist.

Aber sie alle wären keine richtigen „Sechziger" der
Kunst, hätten sie sich bloß mit Musik zufrieden
gegeben:
der Allroundler Beethoven, mit seinen Gemälden
im Autograf der Klaviersonate op.101: nicht biederes
Durchstreichen, ein Schlapp Tusche wird mit der
Faust über die Seite verteilt. In einer privaten Perfor-
mance schlug er dreien Flügeln die Beine ab. Eine

gelungene Rauminstallation, die Bettina von Arnim für uns dokumentierte.

Wer denkt da nicht sofort an unseren geschmähten Hermann Nitsch mit seinen Schüttbildern? Wohl ein genialer Grafiker, aber weit nicht so rabiat wie Beethoven, der seine Bratsche handsignierte, mit einem Eisennagel, bis aufs weiße Holz.

Die Mode währte leider nicht lange. Bald brüllten die wilden Tiere vornehmlich nur noch zu den Besuchszeiten, wenn überhaupt.

Brahms, der schweigende Esser (als er das Forellenquintett gespielt hatte, wurde ihm ein Korb Fische überreicht. „Nächstens bringe ich das Ochsenmenuett von Haydn", soll er gesagt haben), säubert klammheimlich mit Clara Schumann Roberts Nachlaß von allem, was seinen und unseren Appetit stören könnte.

Bruckner, mit seinem profunden Zählzwang eigentlich ein Vollmitglied der Byron-Bruderschaft, entschied sich, seine 4.Sinfonie - andeutungsweise - melodramatisch aufzubessern (die Romantische: „Im Morgengrauen reiten edle Ritter aus der Burg in muntere Abenteuer ...." oder so) und dafür die Tschinellen wegzulassen.

Gemäß dem imagefördernden Vorbild, das sich, geschüttelt von Angst vor den ihn verfolgenden Fratzen in die Irrenanstalt Endenich flüchtete, ließ sich Gustav Mahler in Pörtschach vor den ihn verfolgenden, kurenden Fratzen zur Komposition seiner (leider) Tragischen Sinfonie spektakulär abschotten.

Vor einem Casals-Konzert im Bonner Beethovenhaus wurden ganze Straßenzüge gesperrt: der bestimmt sich einfindenwollende Geist Beethovens sollte nicht von Mopedlärm verscheucht werden. (Casals, Memoiren)
Der Harleyfan Beethoven kam natürlich nie durch die Polizeikordons.

Einer anderen Geisterabwehr durfte ich selbst beiwohnen:
Anne-Sophie Mutter probte mit der Salzburger Camerata im mit exorzistischer Akribie leergeräumten Mozarteum, vor dessen Eingang ein schwarzes, schiffslanges Fahrzeug mit pentagramm-ähnlichen Stern - oder war er dreizackig? - allen menschlichen Erscheinungen (auch Blindschleichen) den Zugang verwehrte.

Und auch Politik und Wirtschaft entdecken heute zunehmend die geschäftsträchtigen Vorteile der Romantik: mit gespensterartigen Gesellschaften zwischen Grand Cayman, Liechtenstein, Andorra usw. verschleiern Konzerne heute ihre Gewinne bis zum extremen Idealismus.

Großstädte, wie jetzt Berlin und Frankfurt, stehen deswegen zwar vor'm Finanzkollaps, ersparen aber dem Volk die Bürden des einen oder anderen Theaters und ermöglichen ganzen Orchestern die langersehnte Freiheit.

Die Bundesanstalt für Arbeit wird mit fantasievollen Statistiken weiterhin für Unerheblichkeit sorgen - und wer weiß, denkt man nicht schon bei Daimler an Kompensation:

über ein neu zu gründendes Spitzenorchester auf den Cook - Inseln, in einem Briefkasten.

„Wolkenzug und Nebelflor
erhellen sich von **oben.**
Luft im Laub und Wind im Rohr -
und alles ist zerstoben."
könnten die Neoromantiker argumentieren.

„Aber da stieg Florestan auf den Flügel und schrie:
Versammelte Davidsbündler, Jünglinge und Männer,
die ihr totschlagen sollet die Philister,
musikalische und sonstige ...".

Danke, Robert Schumann,

und Dank an Seine Lordschaft,
die ihm das eingesagt hat.

Schubert, Ländler für eine Geige

D.355 in fis-moll,
D.370 in D-dur
und D.374 in B-dur vom Jänner 1816

Es gab einen Musikanten, der nie der geschlossenen Abteilung Dr. Byrons angehörte, weder durch aufrührerische Schriften noch durch Selbstzerstörung oder Agressionen gegen Notenpapier, Instrumente, etc., auffällig wurde, ein Schwammerl, harmlos in seiner Existenz im Unterholz, aber höchst gefährlich für jedermann, der ihn sich unvorsichtig einverleibt:

der Pantherpilz Franz Peter Schubert.

Wer sich von der Deutschen Messe, vom Oktett, von der lieben Farbe in einem schwachen Moment erwischen läßt, ist wahrlich arm d'ran. Sogar gegen die „Unvollendete Sinfonie" bildete sich, trotz jahrhundertelanger Popularität, nie eine ausreichende Immunität:
„Franz [Scherzer, 1. Oboist der Camerata], You play very beautiful ...", wollte eben Roger Norrington in der allerersten Probe ausholen, wurde aber unterbrochen durch den lauten Applaus der Kollegen.
Als dieser langsam verebbte, die Fortsetzung:
„ ... but the beauty is the enemy of the truth".

Da war der kalte Luftzug zu spüren, in dem der Giftpilz besonders gut gedeiht. Und dieser entfaltete seine volle Wirkung in der Sonntagsmatinee: nach der Pause wurden die Vorhänge geöffnet und im grellen, kaum wärmenden Licht der ungerührten Oktobersonne erklang - mit gnadenloser Schärfe gespielt - die Unvollendete, legte sich einem abge-brühten Abonnementpublikum, auch verwöhnten und pilzerfahrenen Musikern, schwer auf's Herz.

Schubert ist oft auf biedermeierlichen Bildern zu sehen. Aber, abgesehen von „Schubert und Schober singen eine Baustelle an" (unscharfe Quellenangabe zu einer Schwind-Skizze), selten **in** Gesellschaft: immer am Rand. Schubert sitzt am Klavier, einen Hund zu Füßen, während die Vatermörderträger mit den Negligé-tragenden Damen „Blinde Kuh" spielen.

In diesem Sinn sind die Geigenländler Schuberts authentischstes Stück.
Die unzähligen Klaviertänze, mit denen Schubert diverse Blinde-Kuh-Spiele begleitet hat, verraten wenig, haben sie doch Baß und Harmonie. Hier aber bekennt er das lebensbestimmende Solo. Anlaß für seine (dann wirklich) vollständigen, viel-stimmigen Schlachtengemälde in „himmlischer Länge".

Authentisch einerseits, andererseits ein halbes Gerippe.
Wie bringt man das vor ein Publikum?

Man müßte alle Register der alten Aufführungspraxis ziehen:
mit allem, was ein Graf-Flügel von 1826 zu bieten hat, mit Schnarr- und Janitscharenzügen, Modulatoren und anderen Geräuscherzeugern auf sieben Pedalen, gehen Andreas Staier und Alexei Lubimov im Divertissement à la Hongroise D.818 (TelDec 0630-17113-2) ans Werk.
Man denkt sofort an eine Beethoven'sche Klaviervernichtungsaktion. Am Ende des Rondos klingt das Thema, als wäre der Resonanzboden endgültig durchgeschlagen, dem Klavier knicken die Beine zur Seite, bald kracht es donnernd zu Boden.
Aber nein, der Flügel überlebt unbeschadet. Der Zuhörer jedoch setzt sich den Folgen einer Pilzvergiftung aus: bei genauerem Hinhören, ob unvorbereitet beim ersten Mal oder nach 100-maligem, kopfschüttelnden Genießen (nomen est omen: Divertissement, Vergnügen) könnten manchem die Beine versagen.

Schon alleine die originale Klavierstimmung hält einiges parat:

grimmig verzogen klingt das cis-moll am Beginn des Andante sostenuto der letzten Klaviersonate, fast nicht zu ertragen das lange Gis-dur-Forte gegen Schluß - das unmittelbar darauffolgende C-dur aber ist „so rein und tief und klar" (Mayrhofer, Der Sieg), unerreichbar weit enfernt im pianisissimo, wie „ein unbewölktes Leben" (ebenda). Wie der blaue Himmel an einem allerletzten Oktobersonntag.

Das wären verlockende Ideen für die Ländler: eine präparierte Geige, die sich in die Einzelteile auflöst, harmonische Scherze, die das latente fis-moll/A-dur in D.355 mit gezielt gesetzten Viertel- oder Zwölfteltönen überzeichnen.

Aber das hatten wir schon alles. Katzenmusiken a là Webern, psychologische Nachhilfen in Titus-Leber-Filmen, „Die schöne Müllerin" als modisches Regietheater, oder wie auch immer man die Tragödie nennen mag, die unlängst in geistigen Vierteltönen einem sich bald auflösenden Publikum im Zürcher Schauspielhaus zugemutet wurde.
Werden kommende Generationen solches auch so lustig finden wie die heutigen das Dreimäderlhaus?

Wir werden uns also mit der schlichten Musik begnügen müssen. Wahrhaft schade um das dramatische Bild des unbegleiteten Schubert.

Was ist aber dramatischer als das Wiegenlied D.498?

> Schlafe, schlafe, holder süßer Knabe,
> Leise wiegt dich deiner Mutter Hand,
> Sanfte Ruhe, milde Labe,
> Bringt dir schwebend dieses Wiegenband.

Wie bitte, dramatisch? Das Wiegenband in Mutters Hand, dieses langweilige Geklimper?
Wer soll denn hier eingeschläfert werden?
Der Balg oder der Zuhörer, der schon seit einer guten Minute im langsamen Klingeln der Spieluhrbegleitung mit dem Gähnen kämpft?
Und die Spieluhr klingelt lieblich weiter:

> Schlafe, schlafe in dem süßen Grabe,
> Noch beschützt dich deiner Mutter Arm,
> Alle Wünsche, alle Habe
> Faßt sie liebend, alle liebewarm.

Verspüren Sie ein Würgen im Hals, Übelkeit, Kälte am Rücken, Schmerzen in der Herzgegend?

Das war das Schwammerl.

Schönberg und das Gesetz der Serie

Ein schweres Schicksal lastet am Lehrberuf. Fehlendes Talent ist Schülern selbst mit einem Löffel nicht einzugeben. Auch einer „hartnäckigen Resistenz gegen Unterweisung und Verbesserung" (©Johannes Meissl, Artis Quartett) ist selbst mit der Mühe eines Heiligen nicht beizukommen.

Nicht so für Arnold Schönberg. Dieser war als Musiker wie als Lehrer eine Ausnahme in der Musikgeschichte, die ja zumeist Talente und Lehrbegabungen fein säuberlich getrennt hat.
Schönberg wußte von Mozarts „Anleitung, Walzer oder Schleyffer mit 2 Würfeln zu componieren ohne Musikalisch zu Seyn, noch von der Composition etwas zu verstehen".
Komponisten, die nur Schleyffer schreiben konnten, ob musicalisch oder weniger, paßten aber nicht mehr ins Bild der Fiaker- und Heurigenstadt Wien.
Eine Sinfonie der Tausend, zumindest ein Wolhynisches Streichquartett, hatte man mittlerweile vorzuweisen, um sich auch nur in die Nähe der Sezession wagen zu dürfen.

Also mußte Mozarts Anweisung modifiziert werden. Ein schwieriges Unterfangen, aber es gelang schließlich mit Einsatz von Mitteln, die heutzutage Problemlösungsstrategien oder brain-storming-

Techniken heißen: man muß lediglich den Definitionsraum der Fragestellung erweitern und schon entsteht mit gottähnlich-überdimensionaler Sicht die Lösung.

Schönberg brauchte nur den Boden jedes musikalischen Empfindens zu verlassen, um einen Lehrsatz zu formulieren, der für Jahrzehnte verhängnisvoll oder segensreich war:

„Ein Ton ist erst dann wieder zu verwenden, wenn die übrigen 11 erklungen sind."

Das ist zwar schwierig zu argumentieren, denn im Wald wachsen die Bäume auch nicht nach ihrer alphabetischen Ordnung, aber mit dem Hinweis, daß nun die Zeit der Demokratie und der Gleichberechtigung angebrochen sei, ging's irgendwie. Es leuchtet bescheidenen Geistern ein, daß erst dann wieder ein Wochenende kommt, wenn der Rest der Woche herumgebracht worden ist.

Trotz der kleinen, logischen Schwächen gelang es Schönberg, seine Schüler von der Richtigkeit und vor allem von der Nützlichkeit dieser Theorie zu überzeugen.

Erstens dürfen Stücke nun sehr kurz sein und zweitens läßt sich die Arbeit mit minimalem Gedankenaufwand und „ohne musicalisch zu seyn" quasi vom Frühstückstisch aus erledigen.

Man hat lediglich aufzupassen, nicht vorzeitig das Wochenende zu erreichen.

Der Schüler Webern war begeistert, und Schönberg erleichtert. Was hätte er ihm angesichts dessen Streichquartett von 1905, das mit einem Motto von Jakob Böhme große Höhen anstrebt, aber leider ständig im „Vogelhändler" landet, auch raten sollen?

Aufhören, etwa?
Nein, das wäre falsch gewesen. Niemand anderer hat das Wesen der Wochenendtheorie so sehr in seiner Tragweite begriffen und weiterentwickelt, wie Webern. Dieser unterzog sofort dynamische Anweisungen der reihenweisen Eingatterung. Aber nicht etwa bloß „laut und leise", nein, das gesamte Spektrum von pppp, ppp, ... bis zum fff und ffff war nun streng erfaßt und bereicherte mit Spiegel-, Krebs- und anderen Abwandlungen das Gestotter.

Unglücklicherweise wurde Webern, bevor er Schönbergs Vermächtnis zur Vollendung bringen konnte, von einem amerikanischen Besatzungssoldaten beim Rauchen erwischt. Aber er hatte für das Wesentliche gesorgt.
Zahllose Nachahmer standen schon bereit, die der Gleichberechtigung aller Intervalle, Spiel- und Geräuschanweisungen, und was weiß der Kuckuck noch, keine Schranken mehr auferlegten.

Nun ist aber am 11.9.2001 ein Ereignis eingetreten, das den Fortschritt gefährdet.

Stockhausen hatte sich schon angeschickt, mit der Wochenendtheorie auch den Luftraum zu erobern: mit einem Streichquartett, aufzuführen mit jedem Spieler in einem anderen Helikopter (selbstredend solche mit aufeinanderfolgenden Seriennummern), zwar unter dem Mordslärm der Rotoren (es wird im Fliegen musiziert), aber immerhin in Funkkontakt.

Die Helikopter der dafür in Frage kommenden zivilisierten Welt stehen jedoch seitdem in dauernder Friedens- und Vergeltungbereitschaft.

War es vorher schon schwierig genug, - die vorangegangenen Eingriffe der Gerechten hatten längst schwere Lücken in die Seriennummern geschlagen - ist nun die Chance einer authentischen Aufführung des Quartetts endgültig vertan und damit das Wuchern der seriellen Theorie zu Ende.

Die Musik, nun befreit vom Wochenendzwang, wird sich wieder auf Leute verlassen, „die musicalisch seyn", und der Rest der Welt hoffentlich die Seriennummern der Helikopter für eventuelle musicalische Einsätze intakt behalten.

Dazu erreichte mich nach Drucklegung ein Brief aus den gut unterrichteten Kreisen des „Museum moderner Kunst Stiftung Ludwig" im Wiener Museumsquartier:

Sehr geehrter Herr Professor,

wie Sie bestimmt wissen, ist unser Haus stolzer Besitzer von drei Exponaten aus dem Zyklus „ 1 - ∞ " von Roman Opalka: aneinandergereihte Zahlen, in ansteigender Ordnung, in Hellgrau auf etwas hellgrauerem Untergrund.

Die Ereignisse des 11.9.2001 haben uns nicht, so wie Sie es in Ihren Ausführungen zum Serialismus prognostizieren, zum Abhängen dieser Bilder (im Konkreten handelt es sich um die Werke „4185294 - 4207974", „4207975 - 4232327" und „4232328 - 4253355" aus dem Jahre 1965) bewogen, sondern vielmehr dazu, diese nun von Ihnen untergrabene und jetzt einsturzgefährdete Kunstrichtung mit allen Kräften zu erhalten, indem wir den österreichischen Steuerzahler den Ankauf des gesamten Zyklus und die Sicherung der Vorkaufsrechte an den noch ausständigen Werken erfolgreich nahelegten.

Nach Komplettierung das gesamten Werkes wird das bisherige Kronjuwel unseres Hauses, die „Totalste Rauminstallation" (Näheres dazu entnehmen Sie bitte dem Museumsführer) nichts als eine bis auf die Vorhänge im Hundertwasserdesign leergeräumte Verkaufskoje im IKEA-Kaufhaus darstellen, nur mehr eine mythische Wahrnehmung der Zeit als Metapher der Vergänglichkeit manifestieren, werden auch die Geheimnisse

um die Quadratur der Zahlengerade, der Prim-
zahldupel, etc. gelüftet sein.

Die *Bildende Kunst* wird damit als erste den
Schritt von der Eindimensionalität zum Ganzen,
Umfassenden, ja direkt zum Universen gewagt und
getan haben werden.

Bis dahin möchten wir Ihnen, als geschätzten
Kollegen, und Ihren Freunden vom Playa-Blanca-
Stammtisch mit jeweils 30 Jahresfamilienfrei-
karten, gültig in allen Museen der Modernen
Kunst, die Wartezeit verkürzen.

Ihr Dr.art. Max Gollnhuber,
Kustos der Abteilung Spätherbst 1971
MUMOK Wien

Ich gestattete mir diese Häme auf die Zwölftontheorie
nach 10 Jahren im Streichtrio Anton Webern.
Unser anfänglich nicht zu bremsender Enthusiasmus
machte nicht einmal vor'm Sommerpublikum der Salzburger Schloßkonzerte halt. Schon die knapp 40 Sekun-
den von Weberns „Satz für Streichtrio" reichten für den
unsterblichen Kommentar des damaligen Direktors Sieg-
fried Hummer:
„Meine Herren, es war mir eine unsägliche Qual".
Über die Jahre mit den anderen Werken der 2. Wiener
Schule wurde es das auch für mich.

Eine Kleine Nachtmusik

„was mich an Salzbourg degoutirt, ist, daß man mit den leüten keinen rechten umgang haben kann - und daß die Musique nicht besser angesehen ist - und daß der Erzbischof nicht gscheüten leüten , die gereiset sind, glaubt."

„wenn man seine jungen jahre so in einem Bettel ort in Unthätigkeit verschlänzt, ist es auch trauerig genug"

Mozart

Ich reise mißvergnügt von Wien nach Salzburg und denke an Mozart.

Hier eine Stadt, die für „jeden Vogel ein Nest hat", wo in jedem Altersheim ein Konzert jugendlichen Enthusiasmus erweckt, dort der „Bettel ort", in dem die allherbstliche Leere nach Ende der Festspiele eingekehrt sein wird.

Bettel ort ist ungerecht, denn am Wiener Westbahnhof kostet eine Packung Streichhölzer einen Schilling, in Salzburg jedoch zwei. Oder halt null Schillinge, denn um 21 Uhr schließen die Läden am Bahnhof, dem Hauptportal zu Österreichs (heimlicher) Nr.1.

Und daß die Musique nicht angesehen wäre, ist ebenfalls bösartige Unterstellung. In Salzburg bringt man es weit, wenn man bloß das Wort „Oper" kennt.

Wer das Wort auch noch in einem Satz unterbringt („Warum können sich die Festspiele mit den Spielzeiten ihrer **Opern** nicht endlich nach den Küchenzeiten unserer Restaurants richten?"), ist ein Fixstarter fürs Festspielpräsidium.

Mozart jedenfalls sah das so. Er hat sich glücklich entschlossen, in Wien zu bleiben, und bis zu seinem Lebensende nur mehr zwei Salzburgreisen unternommen. Eine davon leibhaftig und eine im Geist, nachdem sein Vater (*„wohl ein vatter, aber nicht der Beste, liebevollste, der für seine eigene und für die Ehre seiner kinder besorgte vatter - mit einem Wort, nicht - mein vatter" Brief, 19.Mai 1781*) gestorben war.

Er erhielt die Nachricht, konnte sich aber schon ein paar Tage später nicht mehr erinnern, von wem sie eigentlich stammte, denn er war in Gedankenarbeit versunken, die den Don Giovanni in Zeitnot bringen sollte. Wichtigere Werke waren zu schreiben: Der musikalische Spaß, die Elegie „Hier ruht ein lieber Narr, Ein Vogel Staar", das Theaterfragment „Ein Salzburger Lump in Wien":

Erster Auftritt.

Hr. Stachelschwein liest eben einem Brief, den er von Salzburg von seiner Mutter erhalten hat, welche ihm den Tod seines Vaters berichtet. - er bezeuget Schmerz, freuet sich aber zugleich über seine Erbschaft -,

der zweyte Auftritt wirft die Frage auf, wo denn die Erbschaft am besten durchzubringen sei „Beim Fiala oder Sculetti" (siehe Kanon vom Gauli-Mauli).

.... und die kleine Nachtmusik.
Meine bisherigen Recherchen zum Thema Nachtmusik versammelten sich im „Konzert für Computer, Würfel und Blasmihinteini". Nun aber, Salzburg in schwindender Nähe, flüstert mir Mozart neue Teufeleien ein.

Von Bagatellen, Moments musicaux, Sinfoniettas, Concertini und anderem Kleingetier wimmeln die Werkverzeichnisse der anderen. Mozart jedoch verhielt sich bei Größenangaben neutral. Abgesehen von der Nachtmusik ist nichts Kleinliches bekannt, Grandioses schon eher:
die Gran' Partita, entstanden in Erwartung des legendären Fußtritts und der *„Sottissen und impertinenzen des - ich weis gar nicht wie ich ihn nennen soll".*

„Klein" stellt die [großen, Salzburger] Nachtmusiquen, die fünfzigminütig jedes Brahms'sche Ochsenmenuett hinter sich lassen, nachträglich als Perlen hin.

Für „*alle Säü von Salzburg*" (Brief, 26.Nov.1777).

Und er reicht damit ein adäquates Kleinformat nach. Wer den Beginn der Nachtmusik in seinem geistigen Ohr erklingen läßt, hört die Schlagzeile mit seinen übergroßen Drucklettern, die kaum auf der Titelseite Platz zu finden scheinen, und denen doch nur gedroschenes Stroh und gutgemeinte Verständlichkeit auf niederstem Niveau nachfolgt, weiters die Romanze, ein jugendfreies Remake aus dem d-moll-Klavierkonzert (erklingt treffend am Ende des Amadeusfilms: „Ihr Mittelmäßigen, ich vergebe euch"), das Menuetto in memoriam Vatters Schlittenfahrt.

Am Titelblatt wird ein zweites Menuett angekündigt. In den Noten ist es nicht zu finden.

Verloren - wahrscheinlich ebenfalls in Wolken verschwunden - oder eine Frechheit, die alles bisherige in den Schatten stellt: es könnte nämlich nie geschrieben worden sein:. die „*kreüzdummen und einfältigen*" Salzburger, die sowieso nicht bis vier zählen können, werden den 5. Satz nie vermissen.

Mit dem Finale, das eine Hofkapelle, die ständig as und fis verwechselt, karikiert und mit einem zeilenlangen G-dur einen abschließenden, provinziellen Kratzfuß vollführt, setzt er der Stadt ein stolzes Flachdach auf. Und mit den unisono blökenden G-Saiten rülpst er ein sonores „Bäää" hinterher.

„Bravo, Mozart", sagt man in Salzburg und beweist ewige Dankbarkeit für die freundliche Widmung. Die Nachtmusik erklingt seither täglich, und das an vielen Orten zugleich, in Mozartkostümen oder im Oberkellnergewand, mit „dinner" oder dessen Gegenteil.
So wird auch den weithergereisten Besuchern der Stolz der Stadt auf seinen Großen Sohn mit seiner Kleinen Nachtmusik kundgetan.
Die Gäste aber beginnen bereits ihre Müdigkeit darüber zu äußern, denn irgendwann verliert auch der beste Witz seine Pointe:
vor der Aufführung Nr. 7223/Juli/1999 fand der Konzertmeister einen Zettel am Pult:

„Wir sind zwar Touristen, aber keine Idioten".

Endstation Salzburg Hbf.
Salzburg hat sich seit der Mozartzeit stark erweitert und bietet mittlerweile vielen „Vögeln, die der Musique zum besseren Ansehen verhelfen", ein Nest.
Mit dieser Erkenntnis kann man getrost den Speisewagen verlassen, und hoffen, daß es nicht schon 21:00 ist.

„Und wo haben Sie das alles her?"
Unbedenklichkeitsnachweis lt.StGB §11/4

Bisher habe ich, wie Helmut Kohl, meinen Sponsor hartnäckig verschwiegen. Da jedoch nach österreichischem Recht jede Ware zweifelhaften Ursprungs oder bedenklicher Art einer Herkunftsoffenbarungspflicht unterliegt, ist der Moment der Wahrheit erzwungermaßen eingetreten:

Das Spenderkonto lautet ISBN 3-00-000284-7, es gehört dem Linguisten Hanns Höfer aus Kutterling, Oberbayern und seinem Buch „Bairisch g'redt" - im Speziellen das Kapitel 8:

Auf Glonn umi - nach Minga eini

.... So fährt man von Derndorf auf Miesbach „auffi", auf Bad Aibling „aussi", auf Rosenheim „owi", auf Bad Feilnbach „umi", ...

Richtungsworte sind international[1] und interkulturell: Salzburger fahren nach Japan und nach Freilassing „umi" (letzteres, obwohl in Deutschland gelegen, würde eigentlich ein klassisches „aussi" verlangen), die Buben aus Reichraming radeln „in Båch

---

[1]   „..in allen europäischen Städten,
      in Amstetten, Gramastetten, Seitenstetten,
      in Tinsting, Schwamming, Peking,
      in Timmelkam und Amsterdam.."
      (Der Liachtlanzünder im Steyrer Kripperl, zitiert in jedem Festspielalmanach)

hintri zun Schwoaz-fisch'n", noble Wiesbadener geh'n nach „Franngfuat nibb'e", etc. Dialekt?
Nein, auch ein hochdeutscher Professor reist „nach Hamborch hoch, und denkt sich nich's 'bei".
Wir auch nicht, aber es folgt die Enttarnung der heimatverbundenen Harmlosigkeit:

Die Himmelsrichtung scheint die Wahl des Richtungswortes wenig zu beeinflussen ... Schon im Nachbardorf kann es „owi" heißen statt „aussi", oder, wer weiß, vielleicht sogar „hintri" oder „vieri"...

Die Essenz des Kathegorischen Imperativ oder der Heisenberg'schen Unschärferelation wurde nie einfacher erklärt - und bestätigt die Separatisten der Erkennnistheorie, die der „Wahrheit" bestenfalls lokale Gültigkeit zusprechen.
Das jedoch sind zu große Wackersteine für ein Brahmsmenü. Der mittlerweile volle Bauch studiert nicht gerne und verlangt, nun am Ende der Speisekarte, ein leichtverdauliches Dessert.

Bleiben wir doch bei der Musik! Hier geht alles „auffi, owi, umi, eini" oder „aussi", vieles „daneben", es fließt und schwimmt, es rennt und steht, es wird ein- und ausgestiegen: die gesamte Palette geografischer Begriffe zwischen Hausarrest und Everest.
Der Standort- bzw. Lokalwechsel ist deswegen fixer Bestandteil der Musikergrundausbildung.

Die wörtliche Bedeutung mancher Musikbegriffe beeinflussen deren Aussage wenig, denn schon im Nachbardorf Italien erhält manches einen verkehrten Sinn:

So bezeichnet sich ein italienischer Musiker, wenn er nur 2 (ma non più) Gläser Wein getrunken hat, als **allegro**. Mozart tituliert sein letztes Streichquintett, das letzte Aufgebot eines 35-jährigen Lebens, als **allegro di molto** („So was von allegro!") und Kodaly den ersten Satz seiner Serenade op.12 als **allegramente** (zu bemerken der feine, grammatikalische Unterschied: allegro bezieht sich auf eine Person oder Sache, allegramente jedoch auf ein leibhaftiges, serenadenmäßiges Tun).

Ricercare und **Divertimento** wurden bereits abgehandelt, **trattenendo** ist die Ursache manchen Zuspätkommens, weil in der Trattoria noch irgend ein Tratsch abzuhandeln ist: „Trink ma nu' ans, zum Lob'n is's sowieso z'spat und für's Nudelhoiz fria g'nua" (Franz Rudigier in „Gesänge der Frühe").

Serioso heißt ernst. Nicht jedoch im Nachbardorf Wien. Beethovens Streichquartett op.95 („Quartetto serioso") steht schön blamiert da, geht man dem Widmungsträger Graf Nikolaus von Zmeskall nach: „Lieber Baron Dreckführer ..." schrieb Beethoven eo ipso ganz serioso. Der seriöse Rest des Briefs sei Hausaufgabe.

Partita: man fahre nach Italien „owi", bei Bassano di Grappa ins Val Sugana „hintri", von dort nach Levico Therme „auffi", und schließlich in „O'at eini", zur Trafik „vieri", zum Zigaretten kaufen.

Und alle diese profanen Ortsveränderungen halten ein bei einer Marmortafel:

> AGOSTO 1908
> GIACOMO PUCCINI HA STATO QUI
> PER UNA PARTITA DI CACCIA.[2]

Da regt sich sogar ein urlaubsträges Hirn:

Partita? ... mag heißen: „Partie", Jagdpartie, Herrenpartie - kennt man doch, Maturajubiläum, heldenhaftes Kampftrinken samt längst fälliger Revanchen im morgengrauenden Weitbrunzen.

„Party", ein beliebtes, um nicht zu sagen das entscheidende, Schlüsselwort bei Meisterkursen, im Zuge derer eigentlich musikalische Partiten am Programm stehen, sogar Bach'sche, mitsamt der Chaconne, dem letzten Satz der Partita BWV 1004, und damit an einem Zeitpunkt, da auch die „höherrangigen Cavalieri dazu übergehen, Schabernack miteinander zu treiben" - sie erinnern sich.

Die Chaconne als Form ist ja bis heute mit gutem Grund aus der geistlichen Musik verbannt, nicht aber in den Exegesen ihrer Interpreten:

---

[2]   Giacomo Puccini war hier auf einer Jagd-Partita.

1998, ein schwarzes Jahr der Bachrezeption, erscheint die CD „De occulta philosophia".

Das Booklet preist unermüdlich die Novität, daß der Hörer nun in Bachs Ganglien verbannt wird um mithören zu müssen, was so alles an Chorälen im Ohr eines Komponisten erschallt.

Es beginnt ja sehr profan-feierlich mit Laute, und man hört schon das Bratenfett von sich drehenden Kapaunen und Fasanen tropfen. Bald fängt auch das wunderschöne Hühnerkeulenspiel an, ...

da beginnt im Hinterzimmer eine Schola mit dem Absingen des halben Evangelischen Kirchengesangbuchs: kaum gehen fünf Töne nach oben, wird man sofort mit „Allein Gott in der Höh sei Ehr" belehrt, und wenn sie wieder absteigen mit „Vom Himmel hoch" oder „Jesu meine Freude". Die 5.Strophe „dir sei ganz, du Lasterleben, Gute Nacht gegeben." hätte ans Ende ja gut gepaßt, aber da erklingt schon ein anderer Spaßverderber.

Es war damals zu hoffen, daß mit diesem, treffend als „Chaconne-Tombeau"[3] titulierten, Desaster die Ära der Bachlangeweile, der Zahlenesoteriker und Notenbuchhalter, wohl mit einem bis dahin noch für unmöglich gehaltenen Monstrum, aber immerhin endgültig, zu Ende sei.

---

[3]   bedeutet im Nachbardorf Frankreich Grabstein, Untergang.

Leider nein.

2001, ein weiteres schwarzes Jahr der Bachrezeption, erscheint die CD „Morimur".

Diesmal übernimmt das Wochenmagazin „Die Zeit" die Rolle des Herolds der absoluten Neuheit und (raub)ritterlichen Originalität. Zurecht, denn diesmal erklingt die Chaconne ja auf der Geige, und ein nun vollständiger Kirchenchor singt sich im Hintergrund durch die andere Hälfte des Kirchengesangbuchs.

Dort findet sich „Christ lag in Todesbanden" (Nr.76): „ein Spott aus dem Tod ist worden, Halleluja"...

Das Zitat des (kein Druckfehler:) **Trauer**chorals („~~luia sog i, fix eini", frohlockt ein Münchner im Himmel) beweist, daß die Chaconne mit einem Hinscheiden, logischerweise dem der Maria Barbara Bach, untrennbar zu verbinden sei.

Ein wahrhaftig authentisches Tombeau.

2006 wird Mozart wieder neu gehört, mit noch nie dagewesenen Ansätzen interpretiert, beleuchtet und analysiert werden.

Wie wär's dann mit einem Tombeau auf die Champagnerarie? Den Einsatz von „Aus tiefer Not schrei' ich zu dir" ahne ich schon voraus.

Das Studium des Lokalwechsels wird von manchen noch immer sträflich vernachlässigt und Hanns Höfers Rat, zur Relativierung der Wahrheit eifrig Nachbardörfer aufzusuchen, achtlos in den Wind geschlagen.

Dagegen mögen in Zukunft noch viel unschärfere Menüs, geschrieben von hoffentlich meisterlicheren Küchen-, Keller- und Tranchiermeistern, serviert werden.

Wer sich zu einem dieser ehrenvollen Berufe hingezogen fühlt, findet in den folgenden Kochbüchern anregende Rezepturen:

Paul Hindemith, Bach - Ein verpflichtendes Erbe
      Radikaler spuckt der Bach-Glaubensgemein-
      schaft in die Suppe.
      Das allererste Musikmenü.
      Insel-Bücherei 575

Anne Rice, Falsetto
      Musiklehrbuch, Krimi und Porno in einem,
      konsequent in allem.
      Goldmann

Orazio Bagnasco, Die Nacht der Sieben Sünden
      Über die erwähnten Cavalieri, die an den
      Wänden lehnten und ...
      btb / Goldmann ISBN 3-442-7276-5

Norbert Schindler, Widerspenstige Leute
Studien zur Volkskultur der frühen Neuzeit
Fischer, ISBN 3-596-10658-3

Helmuth Krausser,
Melodien, oder Nachträge zum quecksilbernen
Zeitalter
Roman, delectare et prodesse, non plus ultra
Paul List Verlag, ISBN 3-471-77988-4

Immanuel Tröster, J.S.Bach
Dicker Brocken zur Bach-Analyse.
Unverzichtbar für alle Choralsucher und
Exegeten der kommenden Ära.
Karthause Verlag ISBN 3-922100-02-3

Herbert Rosendorfer,
Briefe in die Chinesische Vergangenheit
Lachmuskulöse Einführung in die Alte
Chinesische Philosophie und der ihr selbst-
verständlichen Hochachtung vor der Musik.
dtv, ISBN 3-423-10541-0

Marianne Reißinger,
Zu Tisch bei Georg Friedrich Händel.
„Ich fresse einen Kapaun"
M. Hahn, München (2001)

Fruttero & Lucentini, Ein Hoch auf die Dummheit
Piper München ISBN 3492224717

Schlußakkord

„Herr, .. wollen sie sich nicht endlich setzen und den Mund halten? Wir sind schließlich in einer Probä!"

„Jo, is e woar, spuin ma wieda oan,
dass d' Zeit vageht"

aus der „Orchesterprobe" von Carl Valentin.

Don Giovanni. Finale.
(Durchlauchtigster Johannes. Gleich holt dich der Geier.)

„Leporello, Un' altra cena!"
(Noch ein Menü für den steinernen Herrn)

„Pentiti!"
(Bereue!)

„No"